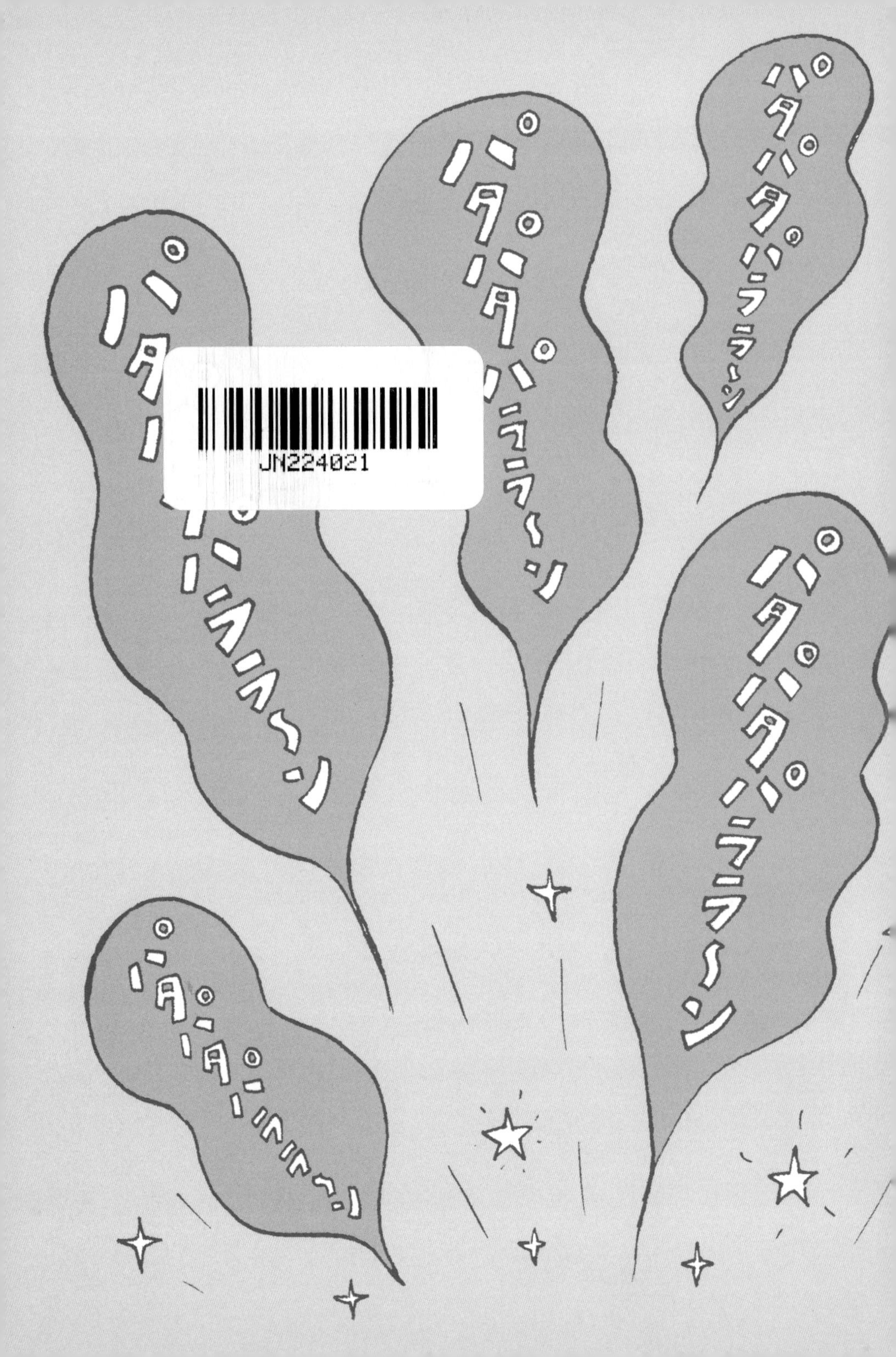
パタパタパララ〜ン
パタパタパララ〜ン
パタパタパララ〜ン
パタパタパララ〜ン
パタパタパララ〜ン

やまだともこ・作　　いとうみき・絵

「あー、こまったな……」

学校の　かえりみち。ぼくは、ランドセルの
おくから、くしゃくしゃになった　さんすうの
テストを　ひっぱりだした。

「けんとくん、二十てん！」
かえされた　テストの　てんすうを、そのまま
大きな　声で　いってみた。
でも、声を　はりあげたところで、二十てんが
八十てんに　なるわけがない。

おかあさんの　あたまに
つのが　はえている
すがたが、目に
うかんでくる。カミナリが
おちたら、たいへんだ。
「長い　おせっきょうが
はじまって、たかひろと
あそぶ　やくそくに

おくれちゃうよ」
そもそも、こんな　テスト、うちに
もってかえれないよ。こっそり　へやに
かくしていても、おかあさんは
かならず　見つけだしてしまう。
どこかに　すてられないか、
あたりを　きょろきょろ
見まわしてみた。

「なんだろう？ これ」

ピザ屋さんのわきに、しましまもようの、鉄で できた はこが あった。

「じどうはんばいきにしては、ちょっと小さいなあ」

はこには、ほそ長い　あなが　あいている。
おそるおそる　なかを　のぞくと、まっくらで
なにも　見えない。おくから、
ひゅるるるーという、風の　音が
きこえてくるだけだった。
うーんと　あたまを　ひねりながら
かんがえてみるが、わからない。
「えーい！」

ぼくは　おもいきって、
テストを　あなのなかに
いれてみた。
すると……。
なぞの　はこは、
カタカタ　ゆれだして、
まぶしい　ひかりに
つつまれた。

ふしぎな　音（おと）が　きこえたあと、ヒュンと
空気（くうき）が　すいこまれる　音（おと）がした。
いまのは、いったい　なんだったんだろう。
ちょっと　かんがえて、すぐに　やめた。
「いけね。やくそくに　おくれちゃう」
ぼくは、走（はし）って　うちに　かえると、
ランドセルを　げんかんに　ほうりなげ、
そのまま　あそびに　いった。

ゆうがた、あそびから　もどると、　おかあさんが
リビングで、　におうだちに　なっていた。
「けんと、　これは　なに？」
おかあさんは、ぼくの　目のまえに
テスト用紙を　つきつけた。

ひゃー、今日（きょう）　かえされた　さんすうの
テストじゃないか。
「なんで　おかあさんが　もってるの？」
「そんなこと、どうでもいいでしょ！　また、
こんな　てんすう　とってきて！
あそびにいってる　ばあいじゃないでしょ！」
これは　まずい！　ぼくは、リビングの
ドアにむかって　走（はし）りだそうとしたけど、

おかあさんは　ぼくより　はやく　まわりこんで、
バタンと　ドアを　しめてしまった。

つぎの日の　学校がえり。ぼくは　なぞの
はこのまえに　きていた。

「ちぇっ、きのうは　こっぴどく　おかあさんに
おこられちゃったよ」

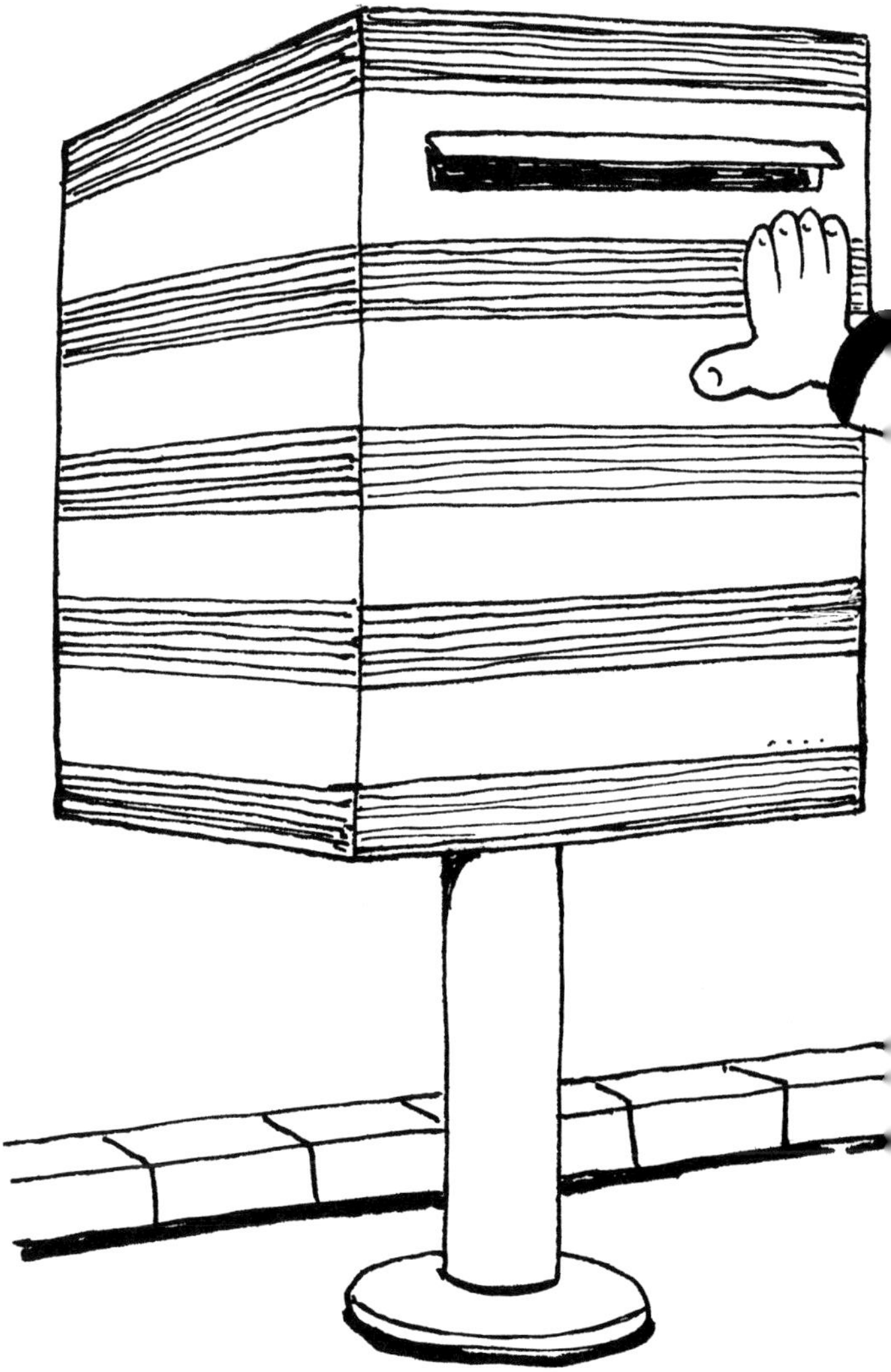

どうやら
テスト用紙（ようし）は、うちの
ゆうびんうけに
はいっていたらしい。
まさか、あの
ピザ屋（や）さんが
とどけてくれたわけでも
ないし、どうして

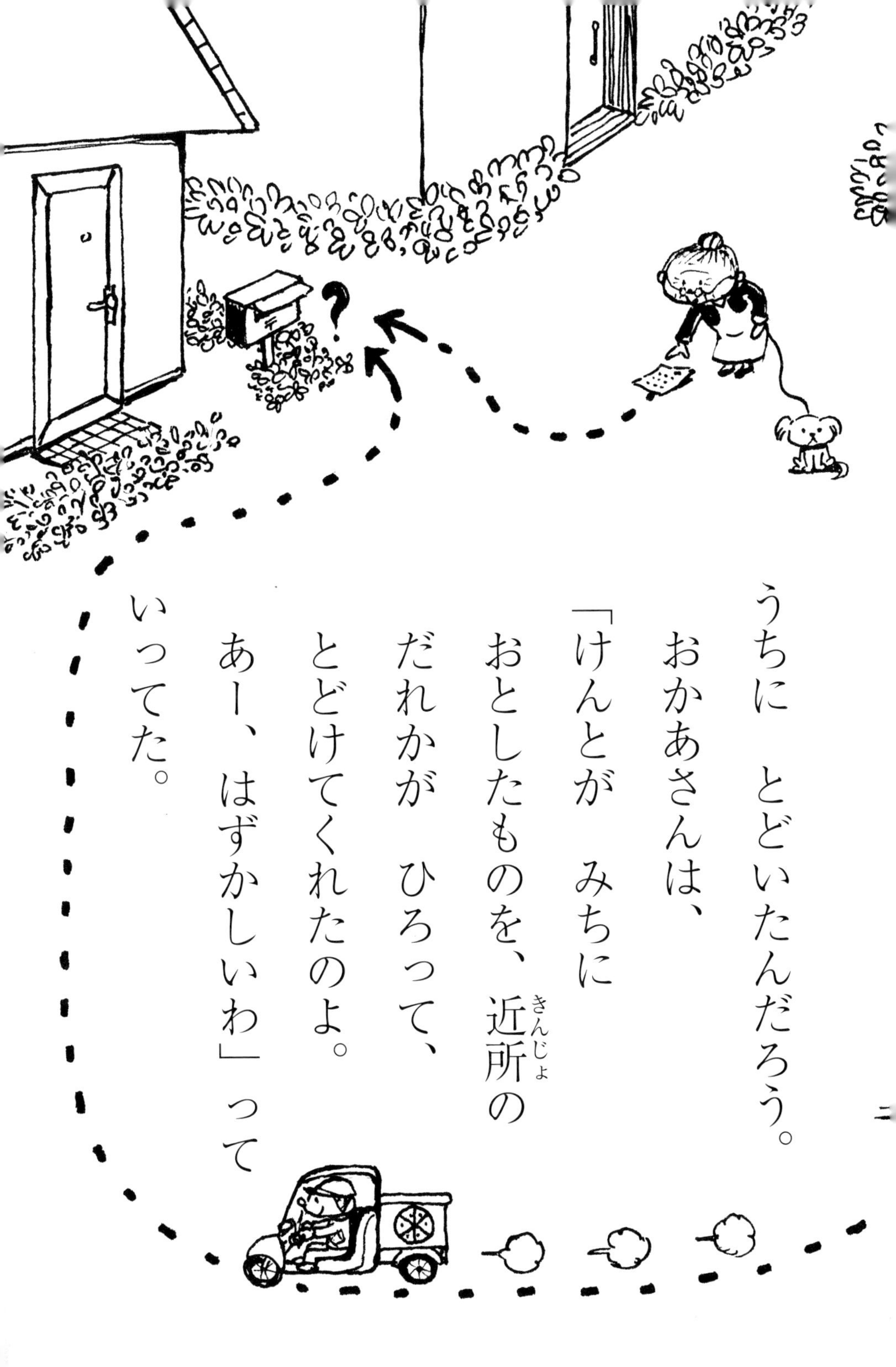

うちに　とどいたんだろう。
おかあさんは、
「けんとが　みちに
おとしたものを、近所の
だれかが　ひろって、
とどけてくれたのよ。
あー、はずかしいわ」って
いってた。

でも、そんなはずはない。だって、ぼくは
この　はこに　いれたんだから。
「これ、あやしいんだよなあ」
うでを　くみながら、じろりと　はこを
にらむ。見(み)たところ、ふたは　ないから、
ゴミばこでもないし、
びっくりばこでもない……。
いったい　なんだろう。

「この　かたち、どこかで
見(み)たことが　あるんだけど」
うーん、もしかして……。そうだ！
「ポストだ！」

いや、でも　まてよ。ポストだったら
しましまもようじゃ　おかしいよな。
「おっ？」
よく　見ると、下のほうに　小さな　もじで
『どこでも』って　かいてある。
「ポストには、ふつう　こんなの
かいてないよなあ？」

どこでも

いや、やっぱり　ポストだ。まちがいない。
世界の　ポストは、赤い　いろとはかぎらないって
先生が　いっていたのを　おもいだした。
ぼくんちに、あの　テスト用紙が
とどいたってことは……。
「やっぱり　ポストに　ちがいない」
これって　すごいことだ。
住所が　かいてなくても、

切手を　はってなくても
とどく、まほうの
ポストなんだ！
だれかに　手紙を　かいてみようかな。
あの　ポストが　まほうの　ポストなら、
手紙を　いれたら　どこへでも　とどくはずだ。
「ぼくの　さんざんな　テストだって、
とどけられたんだから」

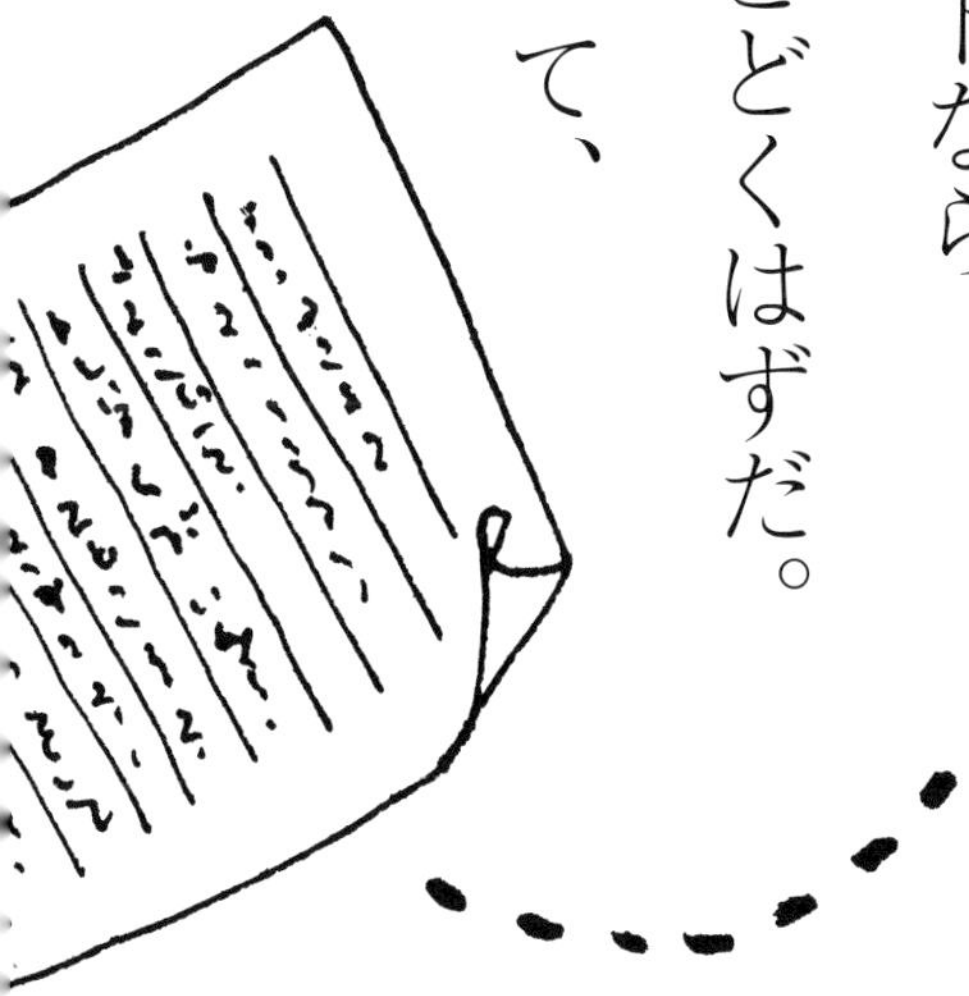

そこで、ぼくは、だれかに　ちゃんとした
手紙を　だしてみることにした。
いつも　いっしょに　あそんでいる
たかひろは、毎日、学校で　会ってるし、手紙を
だすって　ふんいきでもない。
おじいちゃんにしようか。でも、なんて
かいていいか　わからないな……。
「そういえば、一年まえに　転校していった

まさきのやつ、
元気にしているかな」
かりたままに
なっている　けしごむ、
かえすのを　わすれて、
ぼくの　つくえの
ひきだしに
しまったままだ。

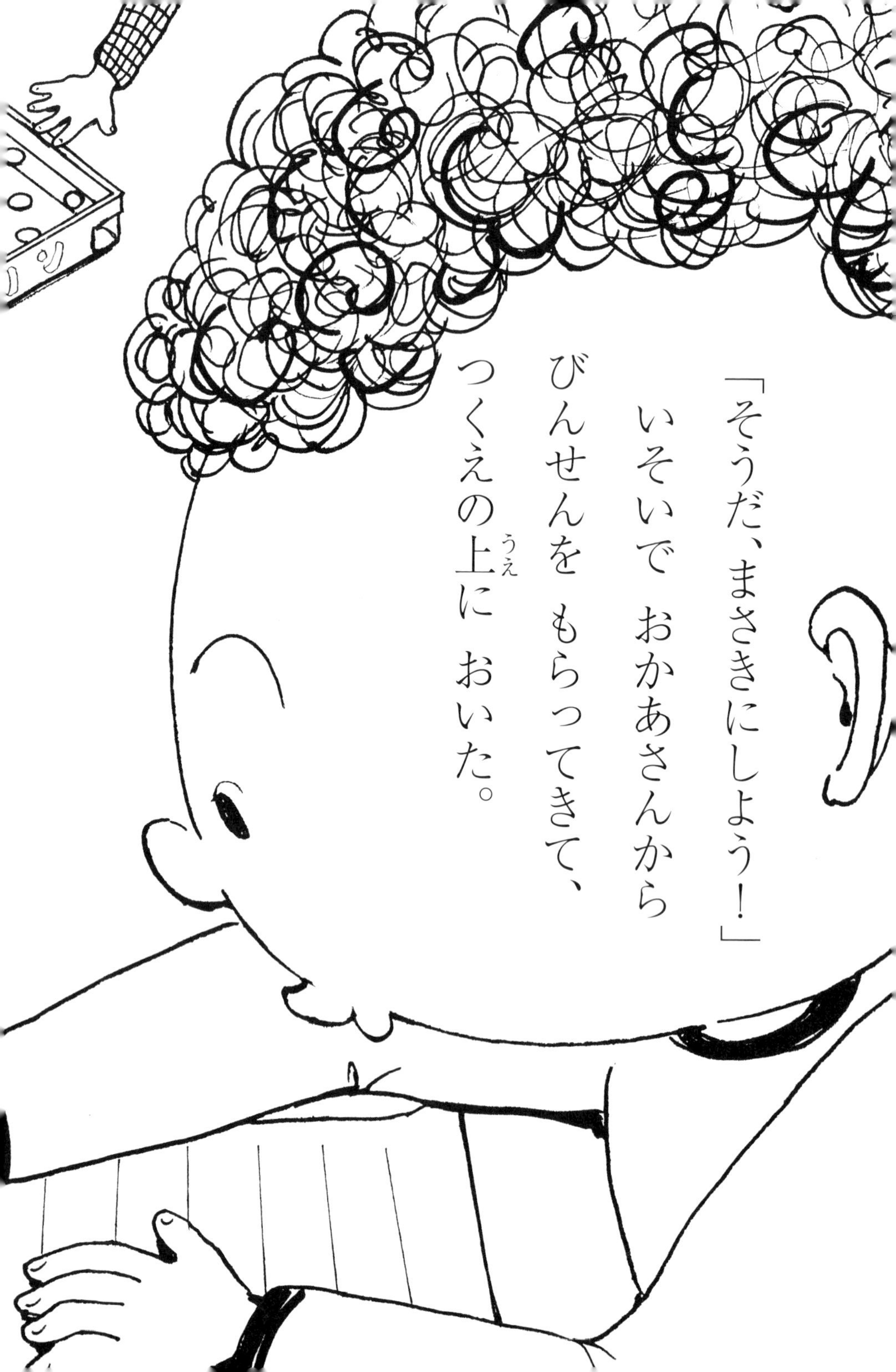

「そうだ、まさきにしよう！」
いそいで　おかあさんから
びんせんを　もらってきて、
つくえの上に　おいた。

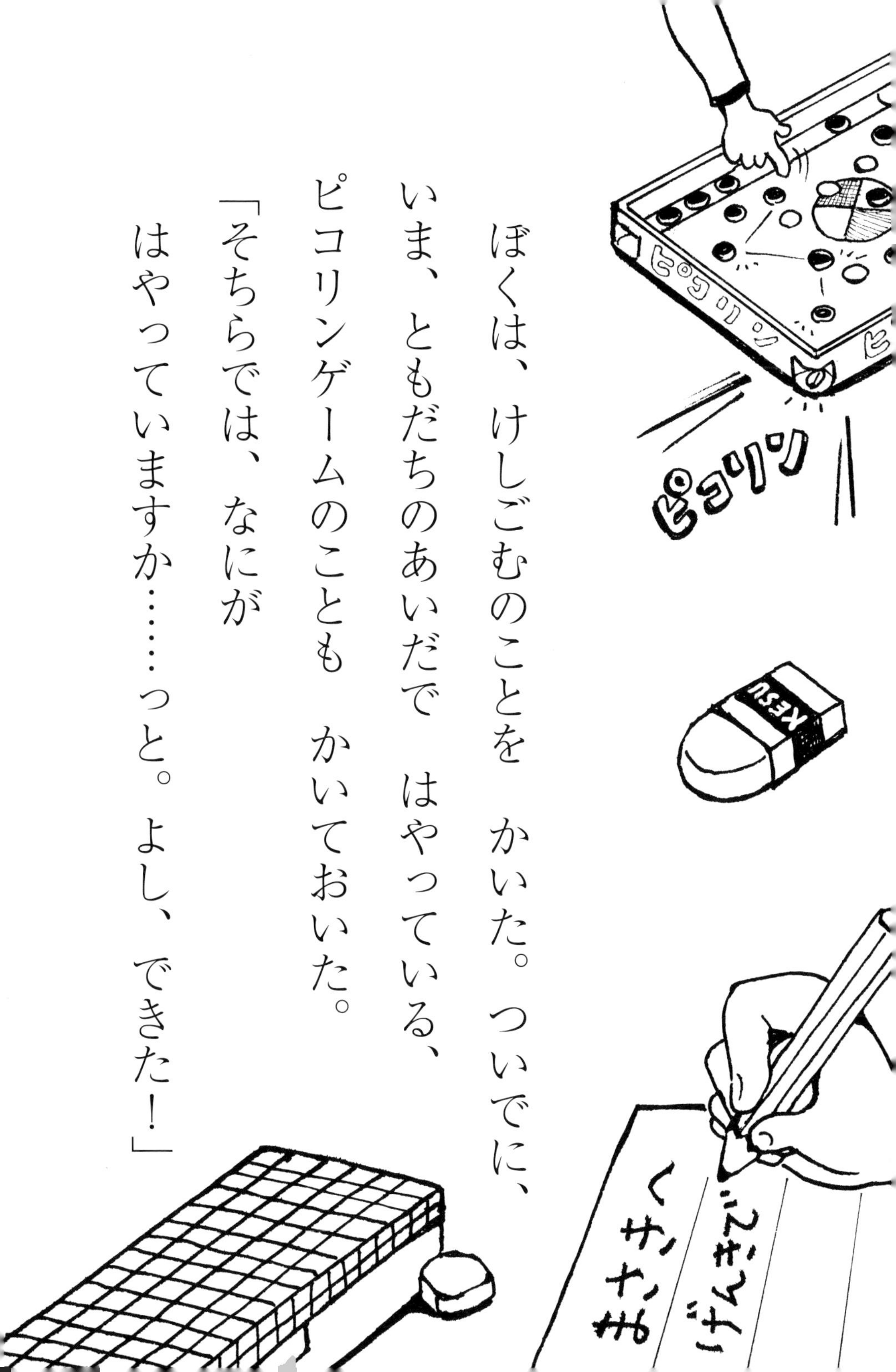

ぼくは、けしごむのことを　かいた。ついでに、
いま、ともだちのあいだで　はやっている、
ピコリンゲームのことも　かいておいた。
「そちらでは、なにが
はやっていますか……っと。よし、できた！」

手紙(てがみ)を ふうとうに いれて、のりづけしてから、
おもてに まさきの 名前(なまえ)だけ かいた。どこに
ひっこしたか わからないから、住所(じゅうしょ)は かけない。

「やっぱり、ちょっと しんぱいだな」

でも、せっかく かいたんだから、
やってみよう。

ぼくは、手紙(てがみ)を もって うちを とびだし、
まほうの ポストのまえに やってきた。

しんこきゅうをしてから、
ゆっくり　ポストに
手紙（てがみ）を　いれた。
すると、ポストは
テストを
いれたときのように、
また　カタカタ　ゆれて、
かがやきだした。

ゆれが　おさまって、さいごに　ヒュン。
ぼくは、その　音を　きいて、なんだか
とどいてくれそうな　よかんがした。

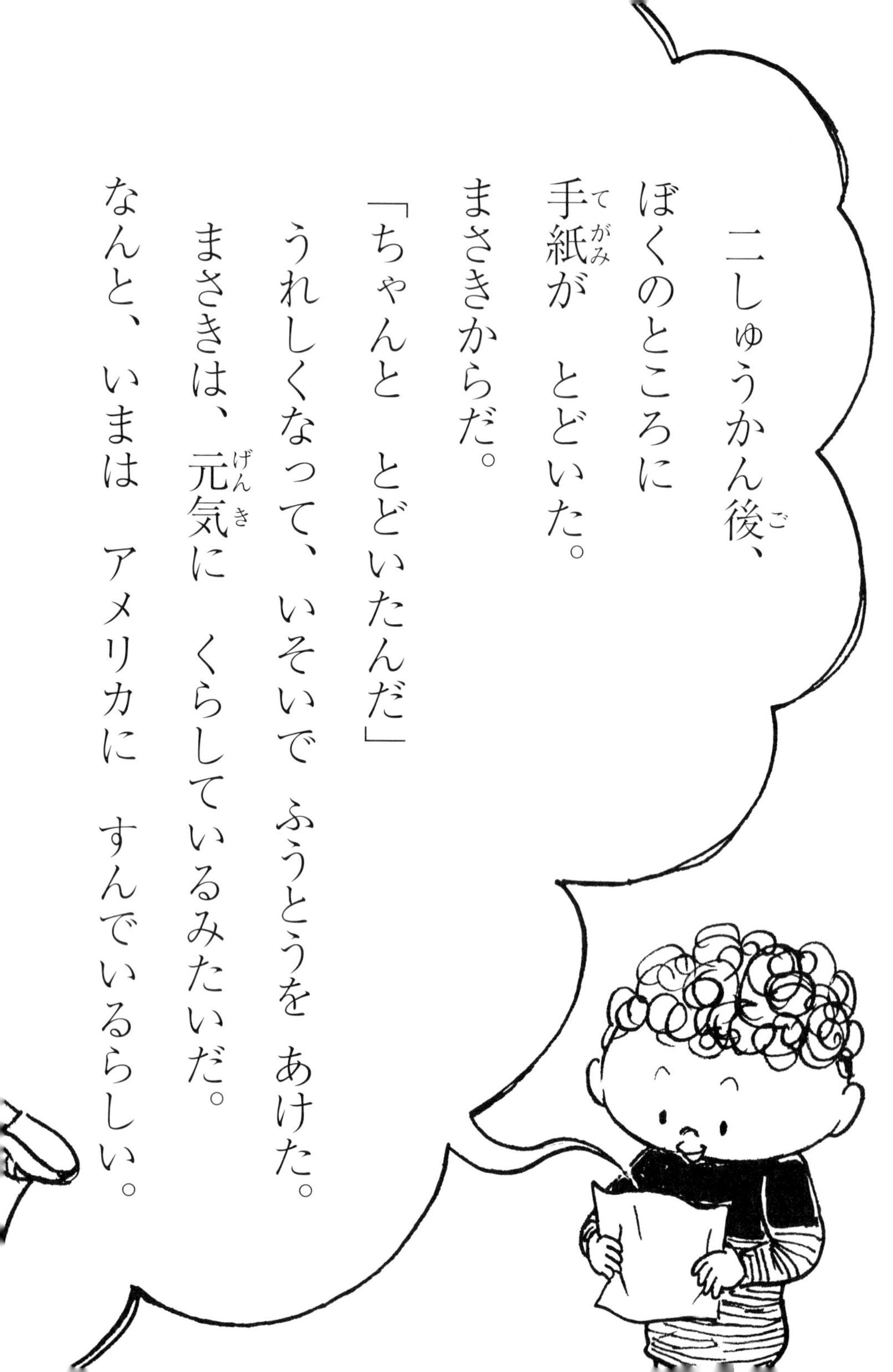

二しゅうかん後、
ぼくのところに
手紙が　とどいた。
まさきからだ。
「ちゃんと　とどいたんだ」
うれしくなって、いそいで　ふうとうを　あけた。
まさきは、元気に　くらしているみたいだ。
なんと、いまは　アメリカに　すんでいるらしい。

けしごむは　つかっていいよって。
おどろいたことに、まさきのところでも
ピコリンゲームが　はやってるって
かいてあった。
「アメリカでも
はやってるんだ……」
ぼくは　いいながら、
わくわくしてきた。

「おかあさん、すごい　ポストが　あるんだよ。
住所（じゅうしょ）を　かいてなくても、切手（きって）を
はってなくも　手紙（てがみ）が　あいてに　とどくんだ」
「なにを　いっているの、けんと」

おかあさんは そう いうと、また すぐに
あらいものを はじめた。
ほんとうに まほうの ポストなんだから。

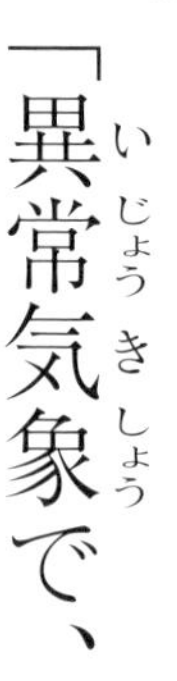

「異常気象で、
アフリカに　まもなく
寒波が　やってきます」
ニュース番組で、
アナウンサーが　つたえていた。
めったにない　できごとらしい。
「さむさに　なれていない
動物は　たいへんだ」

ぼくの　だいすきな　キリンは、
どうなってしまうんだろう。
なんとかしなきゃ。
ぼくは、すぐに
キリンたちに　手紙(てがみ)を
かいた。きっと　まほうの
ポストは、キリンたちにも
とどけてくれるはずだ。

一しゅうかん後。
ニュースで、
アフリカのことを
つたえていた。
予報どおり、寒波が
やってきたみたいだ。
「たいへんです！
　そうぞういじょうの

さむさです！」
テレビ画面では、
レポーターが、はく　息を
白くさせて　さけんでいる。
「おどろきです。
見てください。
キリンたちが　ぞくぞく
いどうしています。

情報によると、アフリカじゅうの　キリンが
一しゅうかんまえから、このように　いどうを
はじめ、なんかしょかに　あつまっていると
いうのです。あちらを　見てください。
何千頭も　いると　おもわれる　キリンが、
おしくらまんじゅうをしているみたいに
体を　よせあい、あたためあっています」
レポーターも　こうふんしている。

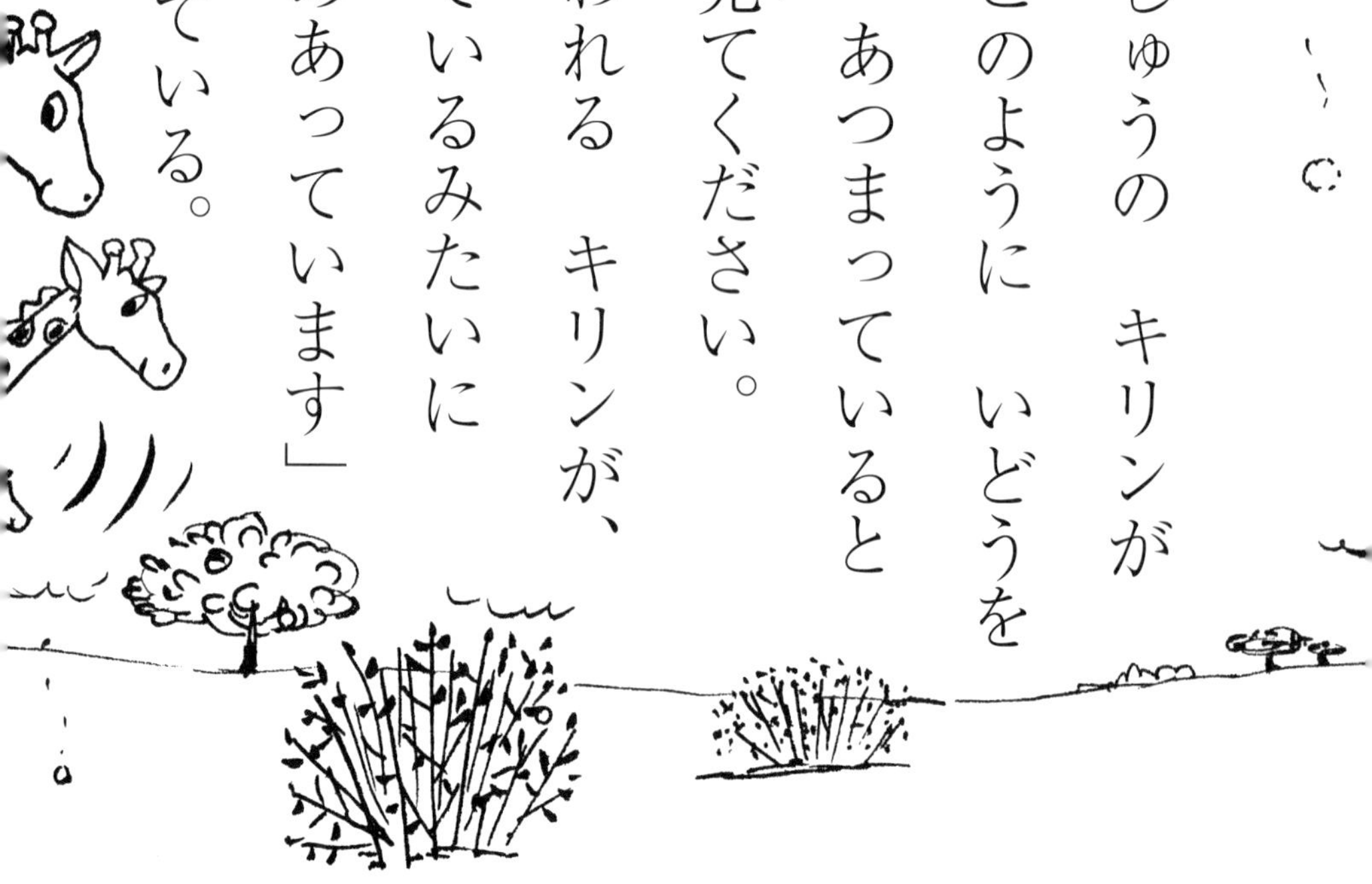

ワロニュース
ピコリン

手紙が　ちゃんと
とどいたんだ。やくに
たって、よかった。
「がんばれ！
さむさに
まけるんじゃないぞ！」
ぼくは、テレビに
むかって　声を　あげた。

つぎの日、クラスで
おたのしみ集会について
はなしあった。年に
いちどの　おたのしみ集会は、
学校じゅうが　もりあがる。
ぼくの　クラスでは、
おばけやしきを
することになっていた。

おばけの　やくは　男子に
人気だ。もちろん、ぼくも
おばけの　やくだ。
「人を　こわがらせても、
おこられないんだぜ」
たかひろも、はりきっている。
ぼくも、ほんものの　おばけのように
へんしんして、みんなを　おどろかせたい。

「シーツを　あたまから
かぶるっていうのは
どう?　りょう手(て)を
かおのまえに　たらす
ポーズをするとか」
すると、となりの　せきの
えりかが、首(くび)を　ふった。
「そんなの、ちっとも　こわくないわ」

ぼくは、うちに　かえってからも、いろいろ
かんがえてみた。でも、さっぱり
いい　あんが　うかばなかった。
「もう、どうしたら　いいんだ」
と、そのとき、ぱっと　ひらめいた。
「そうだ、ほんものの　おばけに
そうだんすれば　いいんだ」
そうだんする　ほうほうは　しっている。

ぼくは　さっそく、
おばけに　手紙を　かいた。
「まほうの　ポストなら、
おばけのところにも
とどけてくれるはず」

でも、ほんものの
おばけが　あらわれたら、きっと
こわいよな。やっぱり　やめておこうか……。
「いや、おばけやしきを　せいこうさせるためだ」
ぼくは　自分（じぶん）に　いいきかせ、かきあげた
手紙（てがみ）を　にぎりしめた。

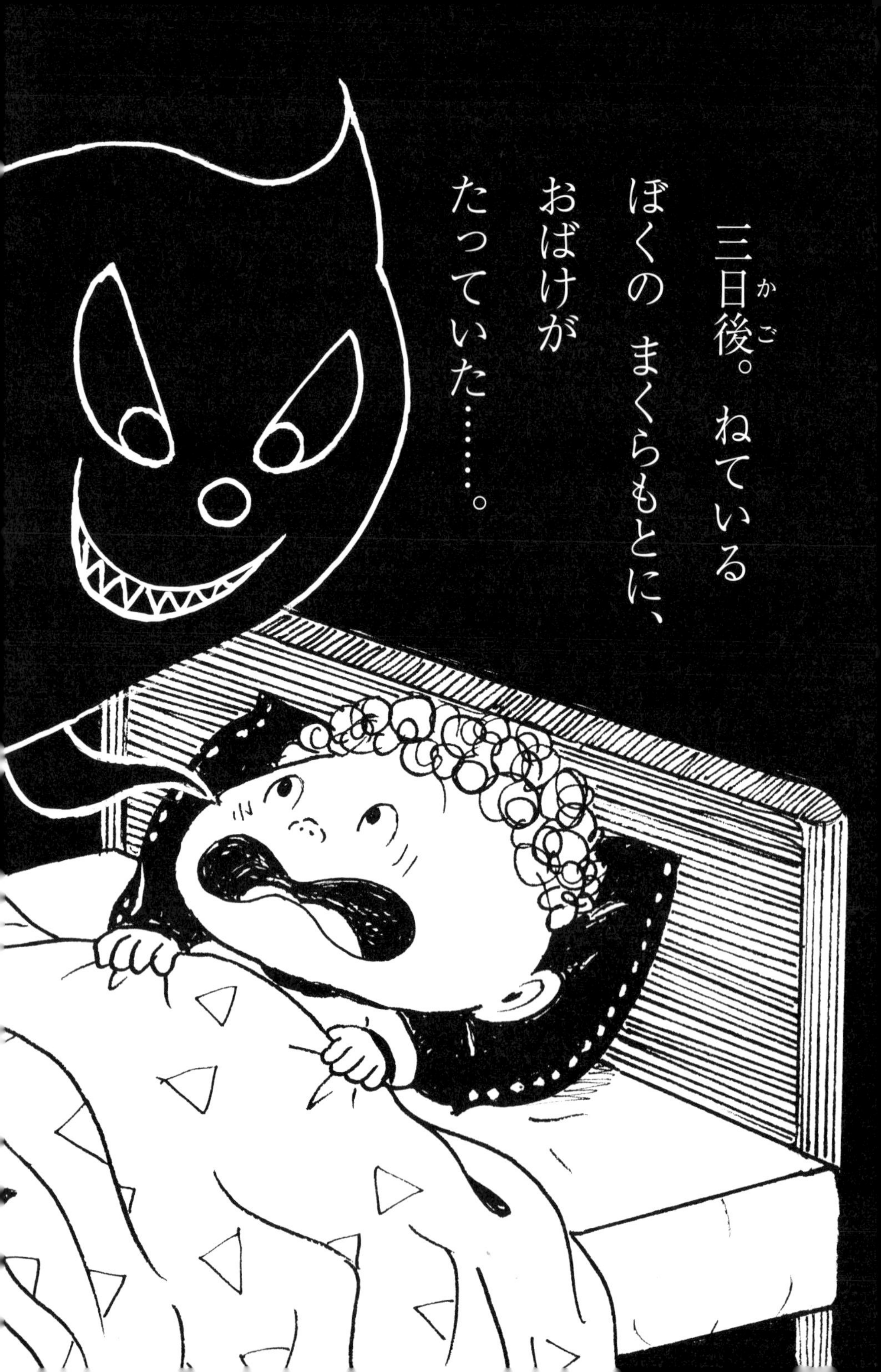
三日後。ねている
ぼくの まくらもとに、
おばけが
たっていた……。

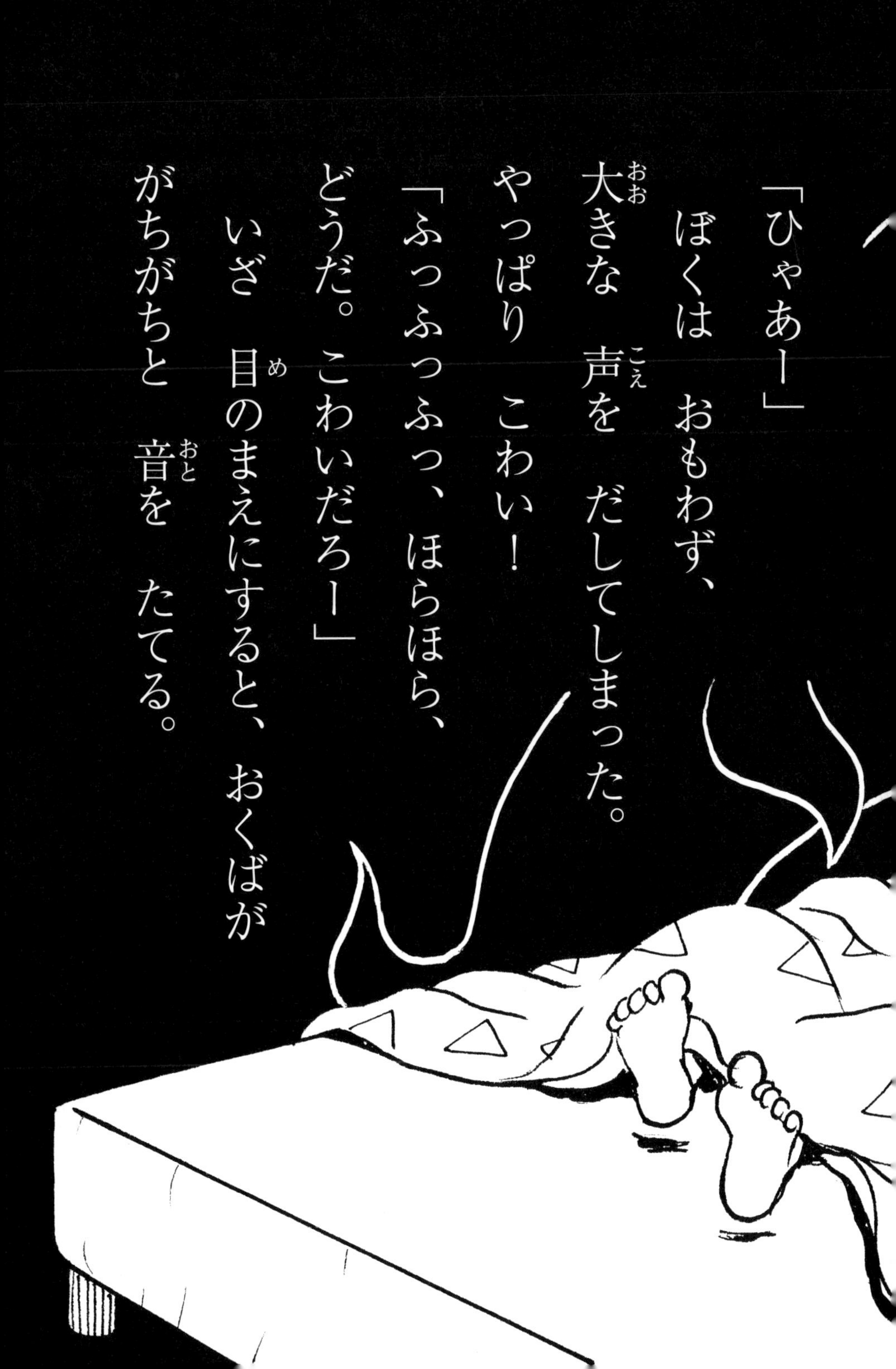

「ひゃあー」
ぼくは　おもわず、
大きな　声を　だしてしまった。
やっぱり　こわい！
「ふっふっふっ、ほらほら、
どうだ。こわいだろー」
いざ　目のまえにすると、おくばが
がちがちと　音を　たてる。

「きみかい、わたしに
手紙(てがみ)を　くれたのは」

あれ？　おもったより、やさしそうだぞ。

「は、はい。こんど、おばけやしきをするので、

どうやったら　こわい　おばけになれるか、

おしえてほしくて」

おばけは　にっこり　うなずくと、いろいろ

アドバイスを　くれた。

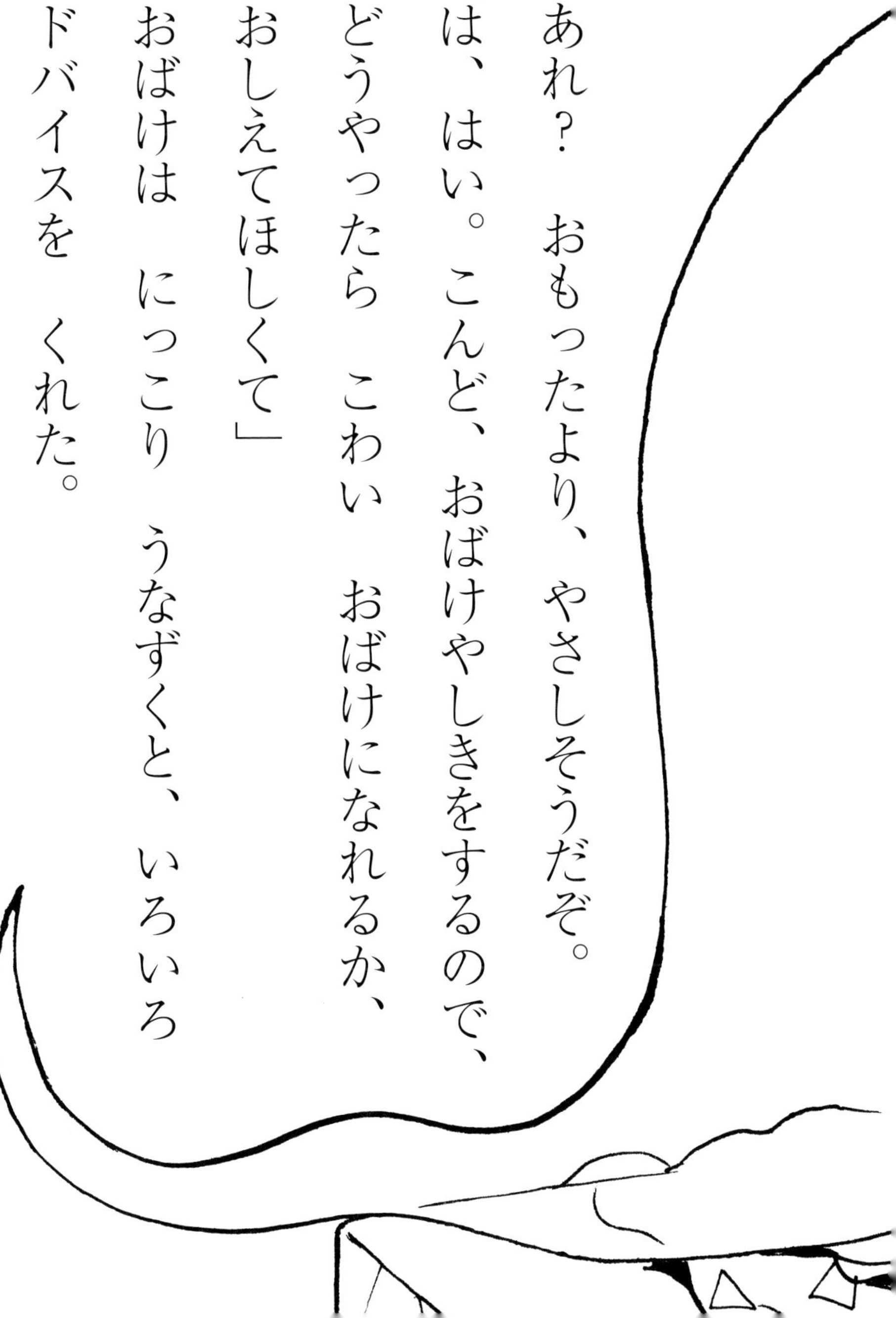

「大きく　口が
さけているような
メイクをしてみては
どう？　まっすぐ
あいての　目を　見て、
そらさないように
するんだ。それから、
とつぜん　音を

だしたりするのも
いいと　おもうよ。
たとえば、でんわの　音(おと)とか、
ひめいとか。それから……」
なるほど、さすが　ほんものは　ちがう。
手紙(てがみ)を　だして　よかった。
「ところで……」
おばけが、ぼくに　きいてきた。

「どこへでも　とどけてくれる　ふしぎな
ポストから　手紙を　くれたんだよね？
その　ポスト、どこに　あるのかな？」
おばけが　手紙？
「だれに　だすの？」
「わたしが　まだ　おばけの　見ならいで、
まったく　人を　こわがらせられなかったころ、
れんしゅうあいてになってくれた　人が　いてね。

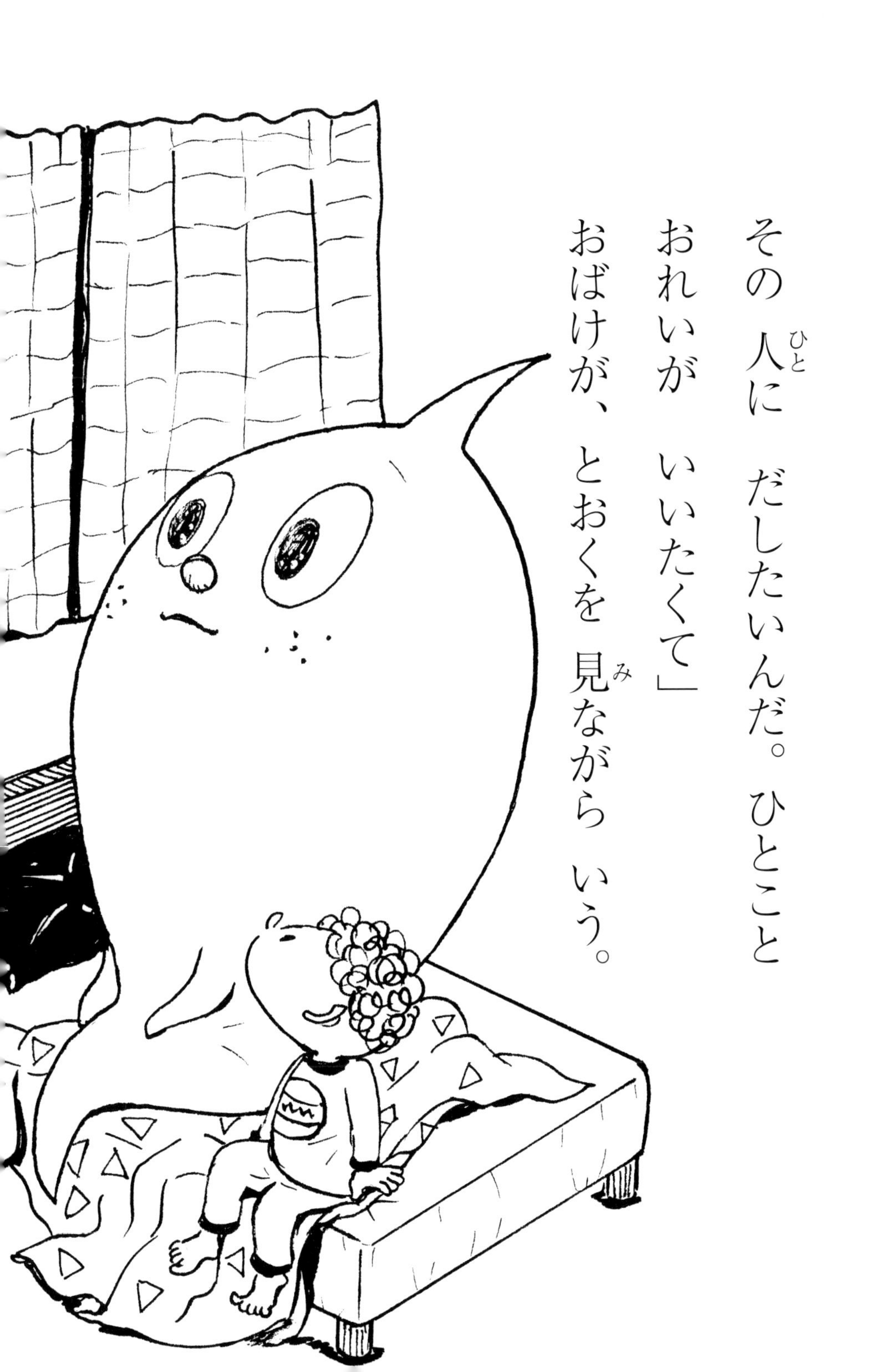

その 人に だしたいんだ。ひとこと
おれいが いいたくて」
おばけが、とおくを 見ながら いう。

「おばけだったら、とんで　会いにいけば
いいのに」
「いちにんまえの　おばけになると、その　人には
会いにいっちゃ　いけないんだ。おばけの
世界の　きまりなんだよ」
「ふーん、そうなんだ。でも、おばけさんって、
ずいぶん　いいやつなんだね」
ぼくは、おばけの　おなかを　人さしゆびで、

つんつんと　つついた。
「いいやつ？　はっ！　そんなことはない！
ほら、どうだ、こわいだろ！」

いまさら　こわい　ポーズをしても　おそいよ。
ぼくは　口もとに　手を　あてて、おばけに
ささやいた。
「ポストは、学校のちかくの　ピザ屋さんの
わきに　あるよ。しましまもようだからね」
「ありがとう。さっそく
手紙を　かいてみるよ」

PIZZA
PIZZA

おばけやしきは
だいせいこうだった。
ぼくの　おばけが
ほんものみたいに
こわかったって、
みんなが　ほめてくれた。

「けんと、すげー　こわかったぜ」

「ないてる　子（こ）も　いたね」

「だれかに　アドバイスでも　もらったの？」

ぼくは、おもわず　モゴモゴしてしまった。

まさか、ほんものの　おばけに

おしえてもらったなんて　いえない。

そういえば、あの　おばけ、ちゃんと　手紙（てがみ）

だせたかな。

ぼくは　いま、一まいの　びんせんを　まえに、
なやんでいた。手紙を　だすべきかどうか……。

おばあちゃんに　あやまりたいことが
あるんだ。でも、おばあちゃんは、いま、
天国に　いる。
天国まで　とどくかな。
「おばけにだって　とどいたんだから、
だいじょうぶだよね」

ぼくが　小さいころ、おばあちゃんちのにわには、きんもくせいの　木が　あった。おばあちゃんが、とても　たいせつにしていた木だ。秋になると、オレンジの　小さな　花をたくさん　つけた。あたりは　とても　いいかおりに　つつまれた。

ある日、ぼくは、その きんもくせいの 木の
えだを おってしまった。 にわで サッカーを
していたとき、ボールが えだに あたって、
ボキリと おれてしまったんだ。
ほんとうのことを いって、
すぐに あやまれば
よかった。でも、
おこられるのが

いやで、　おばあちゃんちで
かっている、犬の　ごんたの
せいにしてしまったんだ。
おばあちゃんは
「しかたがないねえ」と
わらっていたけど、　ほんとうのことを
しっていたと　おもう。　えだを　おったのは、
ごんたじゃないってことを。

それから、きんもくせいの
木は、あたらしい　芽を
だすことができず、
かれ木になってしまった。
がっかりした　おばあちゃんの
かおが　おもいだされる。
おばあちゃんは、その　冬に
なくなった。二か月後には、

あとを　おうように　ごんたも　しんでしまった。
「いまさら　あやまっても、おばあちゃんは、
ゆるしてくれないかな……」
でも、ずっと　心のなかが
もやもやしていたから、やっぱり
手紙に　かいて　あやまろうと　おもった。
なんども　なんども　かきなおして、
手紙が　できあがった。

おばあちゃんへ
ぼくは、おばあちゃんに
あやまりたいことが　あります。
おばあちゃんが　だいじにしていた
きんもくせいの木のことです。
えだを　おったのは、ぼくです。
しかられるのが　いやで、

うそをつきました。
ごめんなさい。
それから、もしも
おばあちゃんのとなりに
ごんたがいるなら、
ごんたにも　つたえてください。

ごめんね、ごんた。

けんと　より

「おねがい、とどいてくれ」
いのるような　きもちで、
ポストに　手紙（てがみ）を　いれた。

おばあちゃんに　手紙を　かいてから、
一か月が　たった。きたいはしていなかったけど、
やっぱり　へんじは　こなかった。
心の　どこかで、おばあちゃんに
おこってないよって、
いってほしかったのかもしれない。
「そんなに　つごうよく　いくわけないか」
もしかしたら、ものすごく　おこっているのかも。

「手紙を　かかないほうが　よかったのかな」

でも、まてよ。

もしも、手紙が　とどいていなかったとしたら、
へんじが　こないのは、あたりまえだ。
まほうの　ポストも、さすがに　天国までは、
とどけられなかったのかもしれない。

ざんねんな　きもちと、ちょっぴり
ほっとした　きもちが、

いったりきたりした。

学校の　かえり、いつものように
ピザ屋さんのそばを　とおった。
「あれっ？　なくなってる」

そこに　あったのは、しましまの
ポストじゃなくて、ふつうの　ポスト。赤(あか)くて
いつも　見(み)なれている、ふつうの　ポスト。
いそいで　あたりを　さがしたが、
まほうの　ポストは　どこにも　なかった。

そんなとき、
ちょうど
ゆうびんやさんを
見かけたので、
きいてみた。
「ここに　あった、
しましまもようの　ポストは、
どこに　いったんですか？」

ゆうびんやさんは、ちょっと　こまったように
かおを　かたむけた。
「しましまもよう？　そんな　ポストは　ないよ。
この　ポストは、今日から　ここに
あたらしく　おかれた　ポストなんだよ」
えっ、どういうこと？　そんなはずはない。
きのうまでは　あったんだ、まほうの　ポストが。
たしかに、ここに。

ぼくは、うちに　かえって、リビングで
おやつを　たべながら、かんがえていた。
まほうの　ポストは、どこに
いっちゃったんだろう。
「工事の人が、どこかに
はこんじゃったのかな？」
そのとき、ぼくの　足に
そうじきが　ぶつかった。

この そうじきは、 じぶんで うごいて そうじをするんだ。 ひとりで いろんなところに、 すいすい すすんでいく、 かしこい そうじきだ。 それを 見て、ひらめいた。

そうか！ まほうの ポストも、 じぶんで うごいているんだ。『どこでも』は、 どこへでも とどけるし、 どこにでも あらわれるってことだったんだ。

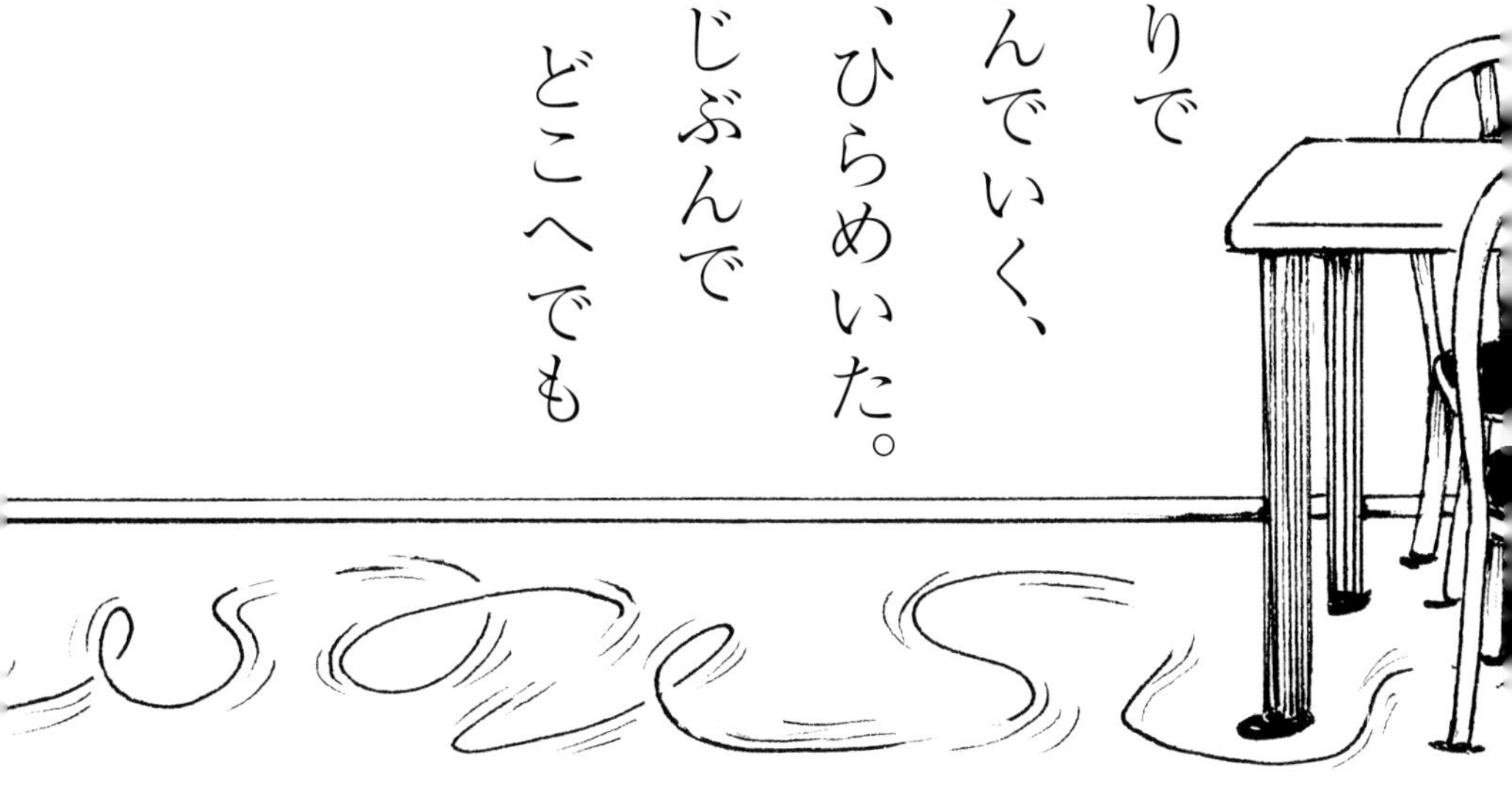

「そういえば、あの日も、とつぜん　見かけて、
びっくりしたんだよなあ」
ぼくは　まどべに　たって、はじめて
しましまの　ポストを　見たときのことを
おもいだしてみた。なんだか　ちょっぴり、
なつかしい。
いまごろ　ひょっこり、どこかの　まちかどで、
だれかのために　手紙を　とどけているのかな。

そう　おもいながら、いつまでも　空を
見あげていた。

ある日、おじいちゃんから　でんわが　きた。
「けんと、おどろくな。にわの　きんもくせいの
木が　三年ぶりに　花を　さかせたんじゃよ。
てっきり、かれてしまったと
おもっていたのに……」
オレンジの　花が、
まんかいだって。

「けんとにも　見せたいよ」
でんわのむこうの
おじいちゃんは、うれしそうだ。
「ばあさんが　生きていたら、
よろこんだだろうなあ」

そうか。きっと　おばあちゃんが
さかせたんだ。ああ、ぼくの
手紙(てがみ)、とどいてたんだ。
ありがとう、まほうの　ポスト。

「おじいちゃんに、手紙を　かこう」
つくえの上に、びんせんを　おく。
すると、まほうの　ポストを　おもいだして、
ちょっぴり　わらった。
かきあげた　手紙に　切手を　はって、赤い
ポストにむかって　あるいた。
「こんど、まほうの　ポストを　みつけたら、
どこに　手紙を　だそうかな」

どこでも……。

また　いつか、会（あ）えるといいな。

［作者］やまだともこ（山田知子）

宮城県在住。子育てが一段落したのをきっかけに、自分の子どもに聞かせるためにお話を作りはじめる。著書に『まほうのじどうはんばいき』『空とぶペンギン』『らくだいおばけがやってきた』（金の星社）などがある。

［画家］いとうみき（伊東美貴）

東京都在住。「かっぱの会」同人。主な作品に、『ハッピーハッピーバースデー』『ともだちは なきむしなこいぬ』『まほうのじどうはんばいき』『空とぶペンギン』（金の星社）、「パセリのしかけえほん」シリーズ、『王さまのどきどきコロッケ』（ポプラ社）、『ライオンのおとしもの』（大日本図書）、『ぼくはガリガリ』（あかね書房）、『おつかいさえこちゃん』（偕成社）などがある。

［装丁］ DOMDOM

まほうのゆうびんポスト

作●やまだともこ　絵●いとうみき

初版発行／2017年9月　第2刷発行／2017年11月

発行所／株式会社 金の星社

〒111-0056　東京都台東区小島1-4-3

電話 03-3861-1861㈹　Fax 03-3861-1507

振替00100-0-64678

ホームページ http://www.kinnohoshi.co.jp

印刷／広研印刷 株式会社

製本／東京美術紙工

NDC913　ISBN978-4-323-07396-5　96P　22cm

ヒュン
ヒュン